CHABOUTÉ

孤獨
TOUT SEUL

IMAGINATION n.f 想像力 陰性名詞
人透過意象、虛幻或是感知型態來再現自我想法的
能力。一種發明、創造、設計的心智能力。

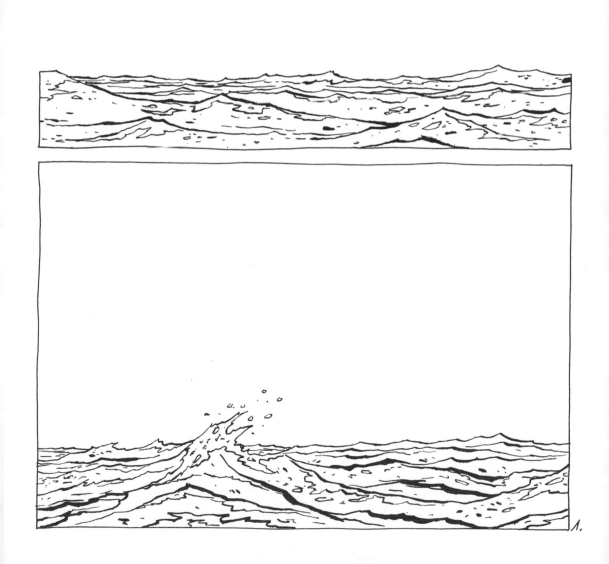

1.

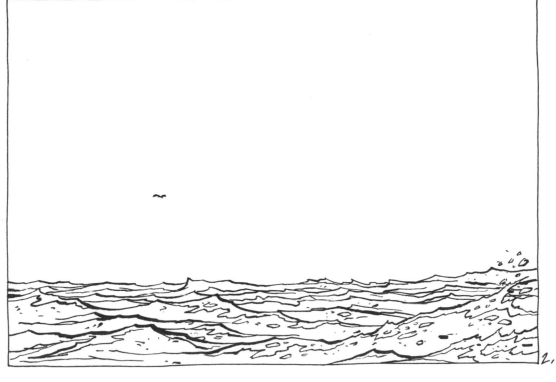

2,

3.

4.

5,

6,

7.

8,

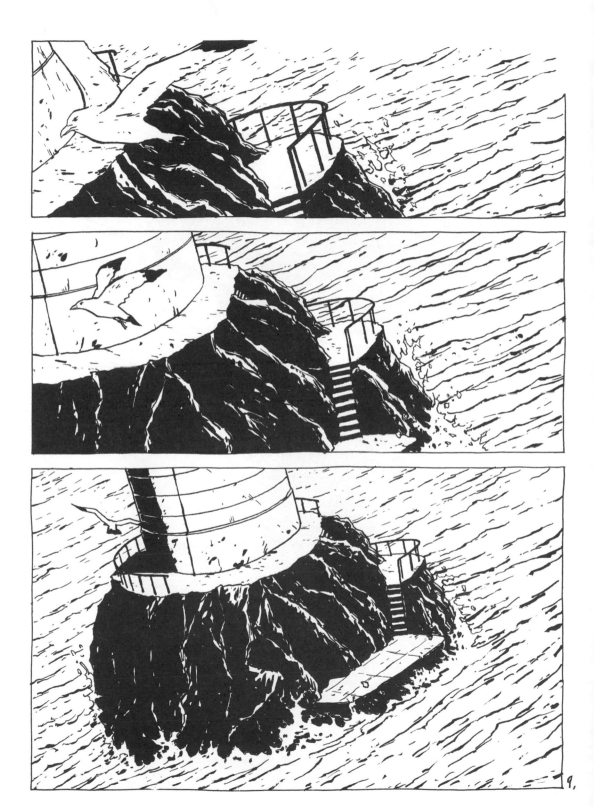

9.

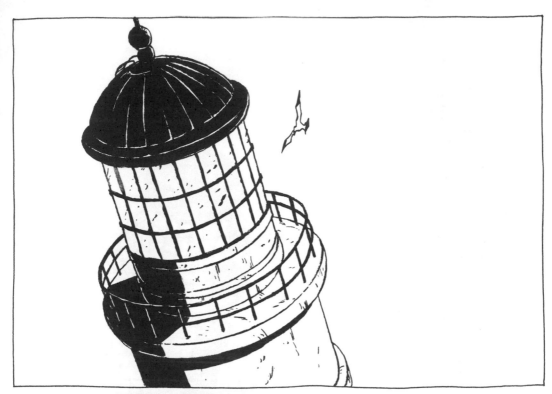

14.

BooM

15.

16.

19.

21.

22.

24,

25.

26.

我的天啊！

你馬上弄完
給我離開
這裡！

30.

就算你是新來的，也別忘了上船後就要聽我的指揮。

如果你還想保住飯碗，

就認真聽我交代你的話！

該死！

這傢伙才上船三天，就夠礙眼了！

要命，還不趕緊準備好箱子！別像顆海螺一樣杵在這兒盯著我看！！

34.

35.

我的天啊
......

你又有什麼問題？！

整天擺一副臭臉，

到底有什麼毛病？！！

去艙裡給我躺著吧。

那座燈塔

是沒人看守自動運作的對吧？！

但箱子已經不見了！

你在走私什麼？

毒品？
髒錢？
黑貨？

我自己已經夠多麻煩了，

可不想再蹚上你那灘渾水！

啊！這就是讓你糾結了整天的事？！

嗯

部分是
……

村裡的人從沒跟你提過這事？

提過什麼？

我才剛到這裡
一星期！

那些箱子
裡頭裝的是
補給品，

單純是食物
補給！

聽好了，

這些年
我每星期都要
來一趟，把補給
品送上堤岸。

「他」是在那裡出生的，

他的母親在燈塔裡生下他

從小他就跟著雙親住在裡頭，父親則擔任燈塔守護員

40.

之後，
他的母親先
過世……

當時他大概快滿三十五
歲吧，這位隱士，就這樣
把自己留在燈塔裡……

十五年前，他的父親也走了。

現在他應該
五十多歲了吧。

廢話！還不是為了不讓他兒子餓死，

白痴！

為什麼？

不是啦，我是指為什麼那個人從不踏上陸地？

怪物……

還不是因為他的父母！

他從一出生就是畸形！

他的父母覺得太丟臉了，於是就一直把他藏在燈塔裡……

那村裡其他人從來沒過問？或者做點什麼？

公部門知道他的存在嗎？

航港局維護浮標、燈塔的時候

哈！哈！哈！

這個嘛

從來就不是問題！

44.

他父親
當時都打點
好了……

沒任何
遺漏。

你很快就會
知道了，這地方
大家都是自己
顧好自己

在這裡，
我們可不插手
別人的事……
尤其，我們更
不喜歡有人問得
太多。

45.

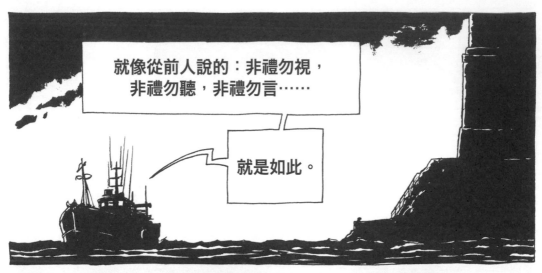

46.

年輕人，聽著，

他的父親只囑託我
供應補給，

僅此而已！

這十五年來，
不管天晴暴雨，
我就是
每禮拜固定把這些
補給箱子放上堤岸去。

而且他的父親交付給我的錢，
除了食物、藥品和魚鉤之外，
我可沒動過半毛錢。

真的從來沒有
往自己口袋裡
放進一分錢

47.

對死者的承諾是件很神聖的事！

至於其他的嘛……

就不關我的事了。

如果你從沒見過他，你怎麼能確定他還在那裡，或者還活著？

他或許已經死了一段時間呢？

49.

去掌舵，

是時候該學點
正經事了。

喂！慢慢來，這可不是
在開車啊！

他叫
「孤獨」……

或者說，
是我們這麼
稱呼他。

50.

我甚至不知道他
真正的名字，

每次只要有人靠近岩岸，
他就躲起來。

51

一輩子就在那巴掌大的島上打轉。

那他整天都在做什麼？

這個嘛，年輕人我跟你說，

我根本沒想過這個問題……

54.

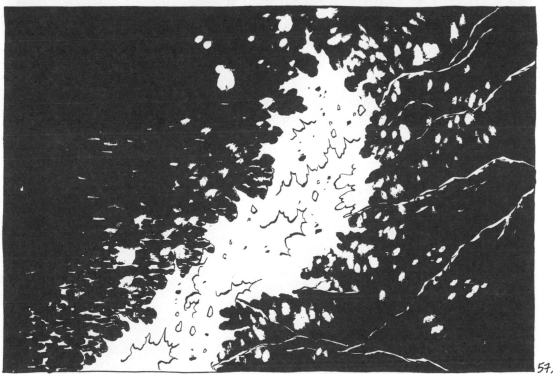

57.

60.

61,

64.

BooM

66.

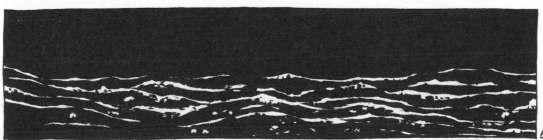

他應該
很不幸吧……

要看你所謂的
「不幸」是指
什麼吧，自作
聰明的傢伙。

那你
說說看？

他除了
他的這座
石頭塔和
地平線以
外，什麼
都沒見過

至少，
他在那座
塔裡……

沒有人會去
騷擾他。

喂！
還有拜託你不要再拿
這事煩我了！

72.

74.

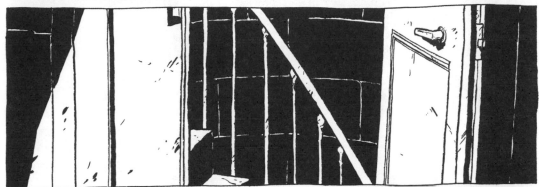

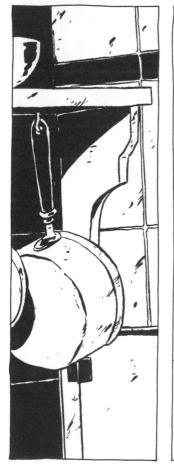

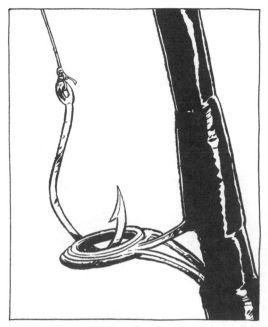

87,

88,

天啊！

你是睡著了還是怎樣？

101.

105,

III.

113.

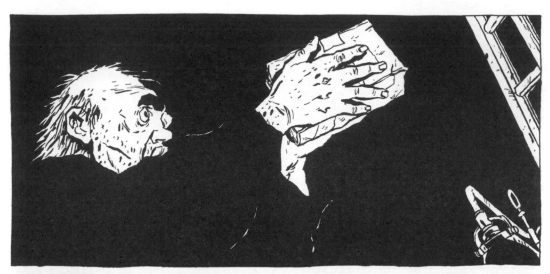

BooM

PODOLOG

116,

競爭。

PODOLOGIE n.f. 足科醫學 陰性名詞。關於足
部型態和病理的研究。

足以及足科醫生 從事足部治

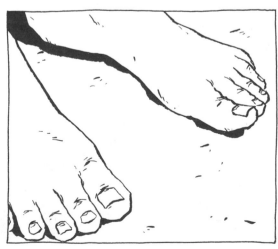

117.

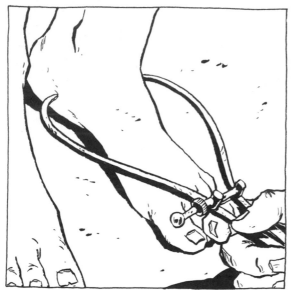

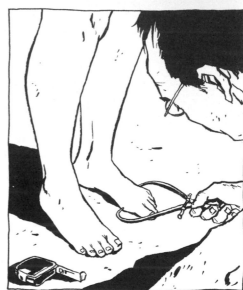

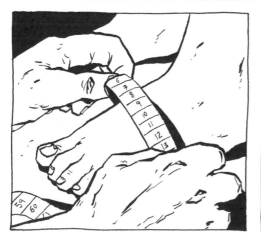

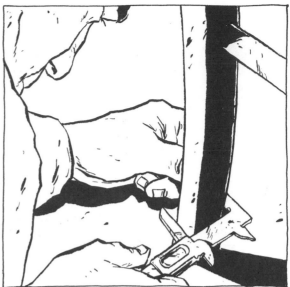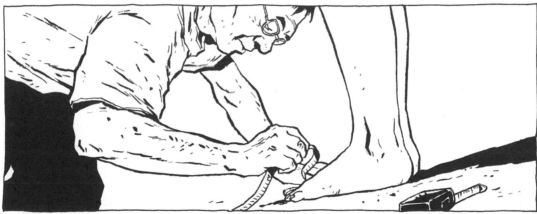

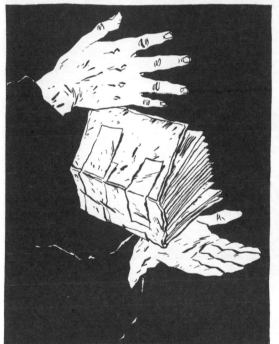

笨重。

BATAILLE n.f **戰爭** 陰性名詞。大規模的鬥毆，以兩方敵軍對峙為主。爭奪，肢體暴力或嘶吼叫囂的衝突場景。

ER vi **戰爭** 陰性名詞。大規模的鬥毆，

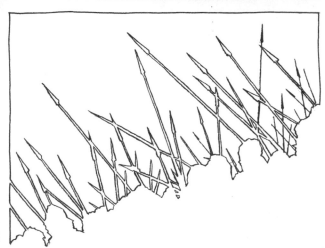

123.

126.

128.

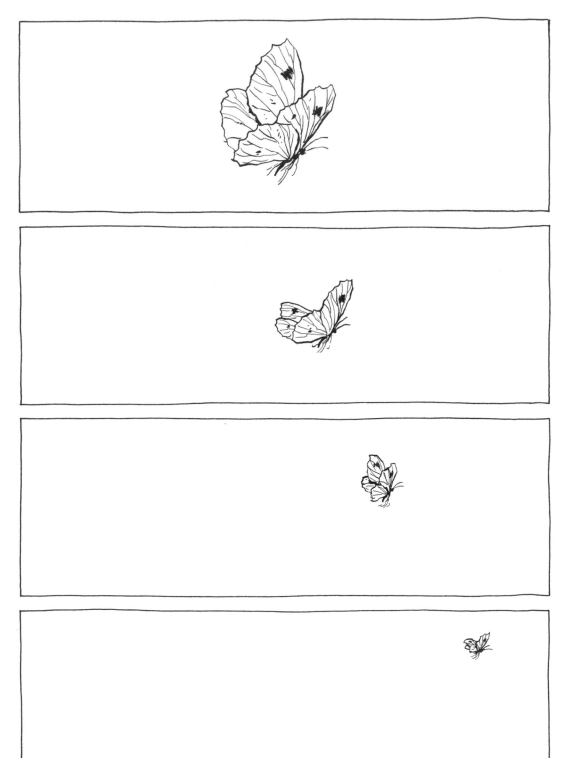

PAPILLON n.m. 蝴蝶 陽性名詞。鱗翅目昆蟲成蟲，具有兩對斑斕而覆蓋著極細鱗粉的翅膀。

PAPILLONNER

BooM

133.

被世人認為爵士樂之父。
ARMSTRONG *(Neil)*. 尼爾·阿姆斯壯
美籍太空人，1930 年出生。1969 年 7 月 21 號
的阿波羅十一號太空任務中，他成為首位踏上
月球的人類。

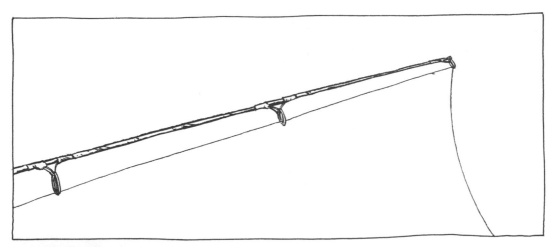

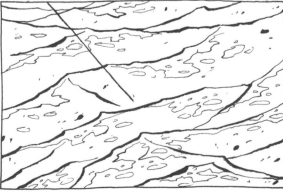

140.

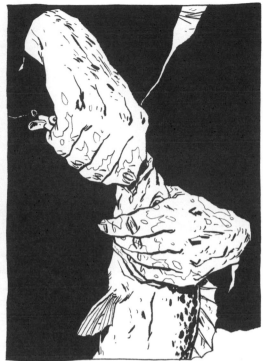

142.

抱歉。

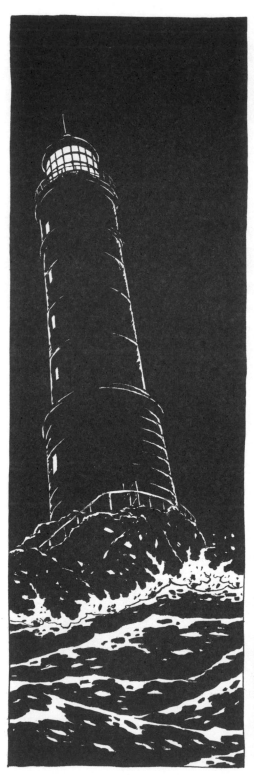

田園生活`。
CHAMPIGNON n.m. **真菌** **陽性名詞**。
隱花植物，不具有葉綠素也無法執行光合作
用，部分菌種可寄生在人體或者動物身上。

147.

BooAA

HAUTBOIS n.m. 雙簧管 陽性名詞。樂器名，
具有音孔與按鍵。

LABYRINTHE n.m. 迷宮 陽性名詞。
建築，起源於希臘神話中工匠代達洛斯之作：
一個由許多長廊和房間組成的空間，一但進入，
人受困其中，無法離開。複雜的網路……，使
我們被引導。

160.

現冢。

CONFETTI n.m. **彩紙** 陽性名詞。彩色圓形紙片，人們在節慶場合拋擲彩紙烘托氣氛。

CONFIANCE n.f. **相信** 陰性名詞。

163.

不合情理。

MONSTRE n.m. **怪物** 陽性名詞。非現實的駭人巨大怪物，樣貌嚴重畸形。亦用於形容外形醜陋或者極惡之人。嗜血獸，吸食人血的兇惡怪獸。

169.

172.

174.

有什麼能讓你開心嗎?

球。

FOOTING n.m. 競走 陽性名詞。快速行走，鍛鍊強身為目的的快步疾行。

FOR n.m. 內心深處 陽性名詞。良心。

BOOM

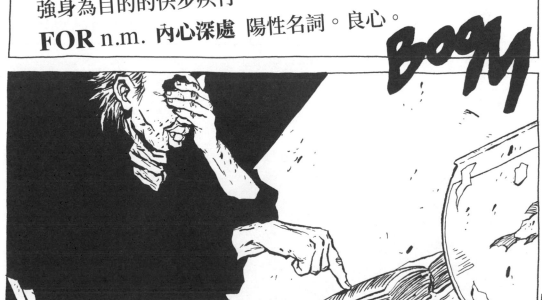

突然地。

SOLITUDE,n.f. **孤獨** 陰性名詞。指一人獨自生活的狀況。或是形容荒野及與世隔離地點的狀態。

孤憤 形容詞。形容某人個性清高嫉俗，

BooM

不前不後。

MONOCOTYLÉDONE n.f. 單子葉植物

陰性名詞。屬於種子植物門當中的被子植物支。
其種子胚芽孵化時只長出一片子葉。

MONOCOTYLÉDONEAE ...

197.

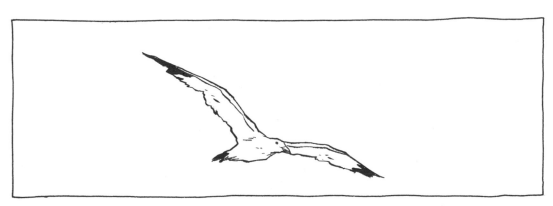

197.

白痴！！

200.

203.

妳就盡情擦防曬，好好享受妳的日光浴吧！！

喂……凱文！

凱文！！

你根本就不會
操控帆！

爛人！

爛死的假期！

混帳
東西！！

206.

207.

208.

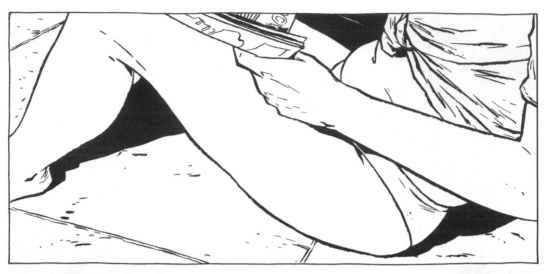

左舷哪，
我的天！！

215.

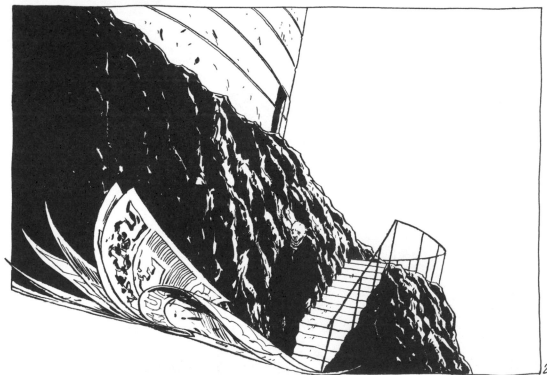

緊急手術
獨家

辛西雅

"為何帶走
我的孩子"

甜心艾爾莎　　女星繼續否認
自己有厭食症問題……

女星第三度宣稱自己沒有任何飲食困擾，然而身形嶙峋暴露了

暴瘦的女星艾爾莎堅稱
她沒有任何健康疑慮，
但她最近幾次的露面反
而證實許多流言……

最潮時尚

專家解疑
飲食營養篇

我丈夫想要消除啤酒肚，但又不願意節食。

請問可不可以使用燃燒脂肪的產品，效果好嗎？

薩曼莎 — 32 歲

不妨嘗試幾款瘦身霜，
可能會有令人驚喜的成效……部位……

獅子座 ♌

7 月 23 日至 8 月 22 日

個人運勢：需要更多采多姿，改變的室內裝飾，尤其是日常起居的空間，可以為你帶來更多的靈感和正面能量。

日常生活：如果面臨搬家的需求，建議多注重交通的舒適性。因為安排失誤可能會推遲搬遷進度喔！

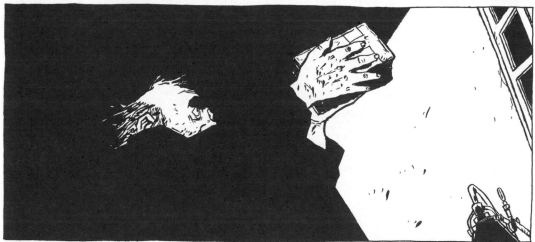

224.

225,

落腳。

VOYAGE n.m. **旅行　陽性名詞。**
一個人遠離自己原本居住地的空間移動行為。
依移動的目的與性質可區分為遊覽觀光旅行、
⋯⋯公務旅行或者是科學研究考察的旅行⋯⋯⋯⋯⋯

一艘固定
不動的石艦，

花崗岩製成的船，
不會隨波逐流。

227.

它不會帶我們到任何地方……

它永遠不會靠岸

「乘著」燈塔，我們永遠不可能
在任何港口停靠

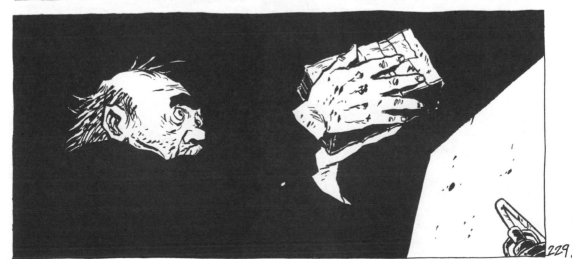

229.

BooM

231.

FARCE n.f. **惡作劇** 陰性名詞。捉弄他人而從
獲得樂趣的行為。或是沒有嚴重惡意，藉由事先刻
意安排，捉弄過度而使他人覺得難堪或感到窘迫的

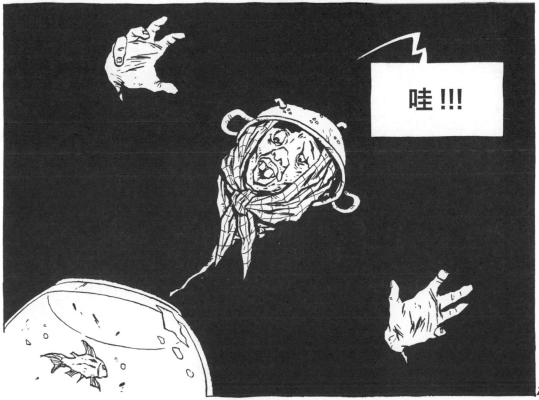

234.

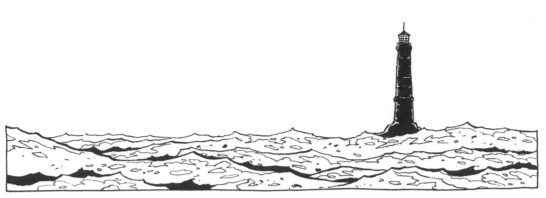

238.

240.

245.

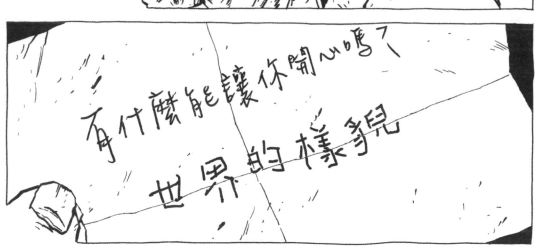

有什麼能讓你開心嗎？

世界 的 樣貌

BooM

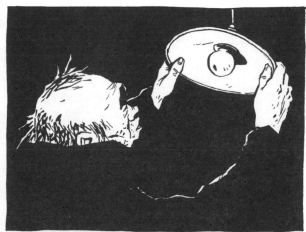
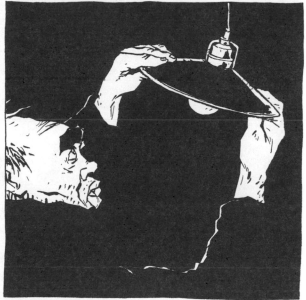

253.

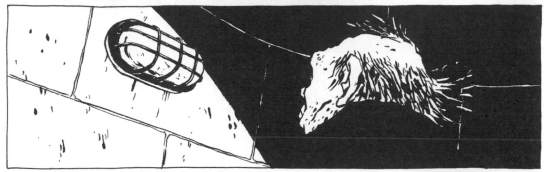

257.

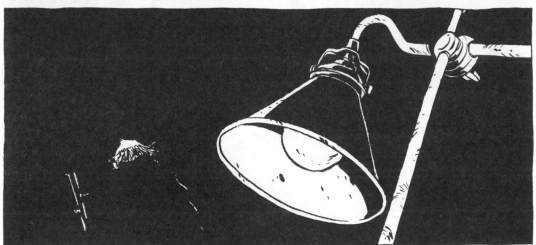

ALADIN 阿拉丁 一千零一夜故事人物。因為發現了一盞神奇的燈，住在燈中的精靈幫他實現了各種願望。

ALAGOAS 阿拉戈斯 是巴西26州之一。

COR n.f. **號角** 陽性名詞。吹奏式樂器，屬於銅管樂器。管身呈現圓錐狀，盡頭延伸成錐形※。狩獵號角・法國號……

264.

氣質超俗。

FÉE n.f. 仙女 陰性名詞．女性造型的想像
人物，擁有超自然能力並可改變他人的命運。

FÉERIF n.f. 仙境 陰性名詞．奇幻的神靈
居住地。

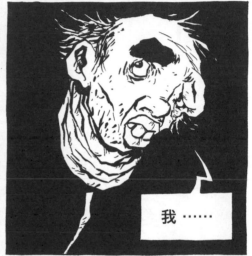

起身吧，去鏡子前……

268.

很好……

現在，

看著
你自己。

271.

275.

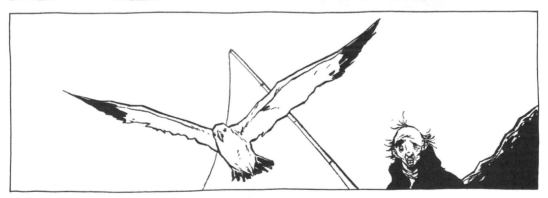

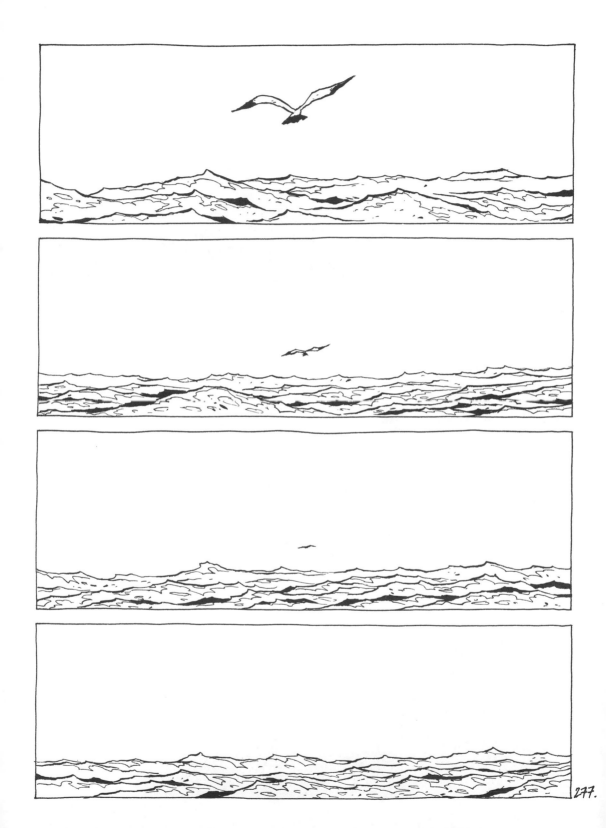

277.

278.

什麼

SYMPHONIE n.f. 交響樂 陰性名詞。管弦樂
團演奏的傳統曲式，奏鳴曲。以不同樂器同時交相
多重演奏出不同的音色* 為特色。

(法文中音色與郵票一字多義)

SYMPHONIQUE adj. 交響樂式 形容詞。

以交響樂形式進行……

280.

281.

改變。

METAPHORE n.f. 譬喻 陰性名詞。在不另做比較說明的語境中,以具象的事物來影射帶入抽象概念的修辭法。(例如:暴雨如球。)

METAPHORIQUE adj. **譬喻性的** 形容詞。使用譬喻方式的人事物。譬喻性風格。

287.

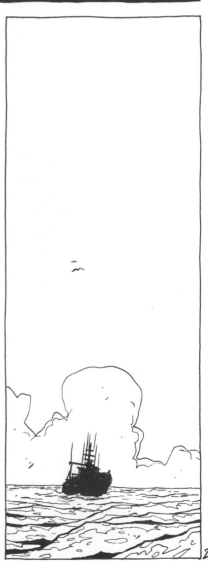

293.

294.

295.

296.

我已經忍受別人在我頭上吼叫十年了……

至於所謂的「談話聊天」

我有點失去談話的習慣了……

失去習慣了？

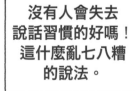

沒有人會失去說話習慣的好嗎！這什麼亂七八糟的說法。

那你說，你是在哪裡失去說話的習慣？！

在監獄裡……

那又如何！
我才不管
你有沒有蹲
過監獄！！

聽著……
我……

剛才那些不是
我想對你說的
本意我……

300.

反正，誰不會犯錯，是吧？

我不是要埋怨你⋯⋯

你這年輕人其實不錯！

工作也好⋯⋯其他的也好。

就這樣！

好啦！

……現在
幹活去吧！

303,

304.

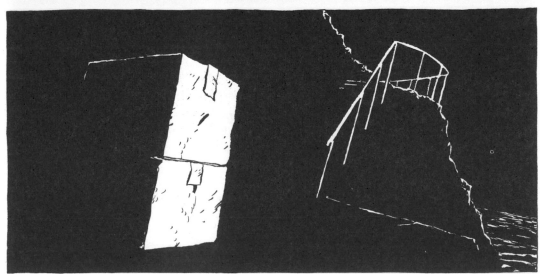

306.

308.

314.

316.

322.

323.

325.

ROUTINE n.f. **常規** 習慣性而固定的行事或思考方式，整體行為的重複性以及單調性。

ROUTINE, ÈRE adj. et n. **常規的** 形容詞，名詞。描述按照常規行動的，或者有此特性的人或事。

相互義務。

SYNAPOMORPHIE n.f. 共衍徵　陰性名詞，
生物學術語。後代衍生特徵（或稱 衍徵）出現兩個或兩
個以上的物種，共衍徵只有經過專業科學團隊認證才能
被承認。

SYNAPSE n.f.　共識　陽性名詞。特定群體內多
數人共同認定接納的意識形態。

330.

333.

光線。

PRISON n.f. 監獄 陰性名詞。我們關押那些被
被判刑罪犯的地方。也用來形容昏暗或者令人悲傷
的房子。囚牢。

PRISONNIER, ERE n. et adj. 監獄受刑人

我們關押那些

判刑

悲傷

335,

336.

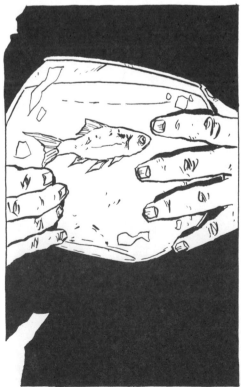

338.

沒有理由
讓你跟我一起
被關在這裡！！

還有，勇敢些！

你該去探訪更寬闊的世界了！！

這是必須的！！

242.

343.

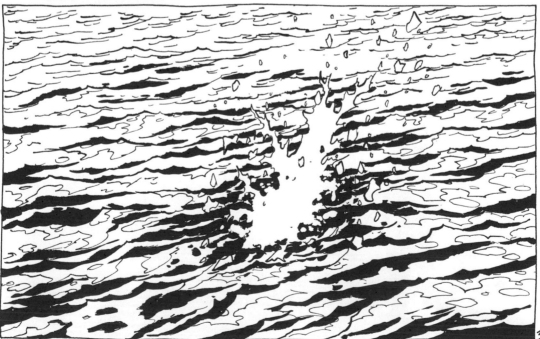

345.

346.

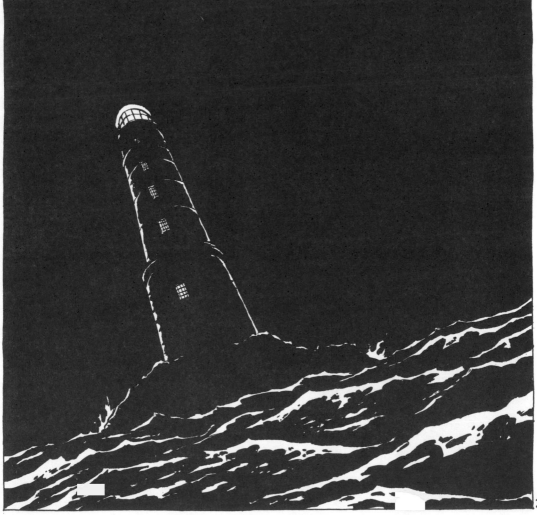

356.

357.

358.

361.

364.

365.

366.

367.

368.

夏布特作品

國家圖書館出版品預行編目 (CIP) 資料

孤獨／克里斯多福．夏布特 Christophe Chabouté 作
劉厚妤 譯 -- 初版 . -- 新北市
木馬文化事業股份有限公司出版：
遠足文化事業股份有限公司發行　2021.02
譯自：Tout seul
ISBN 978-986-359-862-6（平裝）

876.57　　109021402

孤獨
TOUT SEUL

作者————————克里斯多福．夏布特
　　　　　　　　Christophe Chabouté
譯者————————劉厚妤
社長————————陳蕙慧
副總編輯—————戴偉傑
責任編輯—————何冠龍
行銷————————陳雅雯、尹子麟、張宜倩
內頁與封面設計——任宥騰
印刷————————呈靖彩藝

讀書共和國
出版集團社長————郭重興
發行人兼
出版總監—————曾大福
出版————————木馬文化事業股份有限公司
發行————————遠足文化事業股份有限公司
地址————————231 新北市新店區民權路 108-4 號 8 樓
電話————————(02)22181417 傳真／ (02)8667-1891
電郵————————service@bookrep.com.tw
郵撥帳號—————19588272 木馬文化事業股份有限公司
客服專線—————0800-221-029
法律顧問—————華洋國際專利商標事務所 蘇文生律師

ISBN 978-986-359-862-6　初版二刷：2021 年 05 月
定價：450 元

Original Title : TOUT SEUL
Authors : Christophe Chabouté
© Editions Glénat 2008 by Christophe Chabouté – ALL RIGHTS RESERVED
Complex Chinese translation rights arranged through The PaiSha Agency